우동 한 그릇

우동 한 그릇

초판 1쇄 발행 1989년 7월 10일
8판 11쇄 발행 2024년 3월 1일

지은이 구리 료헤이·다케모도 고노스케
옮긴이 최영혁
펴낸이 이현희
펴낸곳 청조사
등록 1-419(1976.9.27)
주소 (04206) 서울시 마포구 마포대로 204, 마포SK허브블루 2007호
전화 (02)922-3931 **팩스** (02)926-7264
이메일 chungjosapress@naver.com

제작 무진인쇄

ISBN 978-89-7322-355-8 03830

국립중앙도서관 출판시도서목록(CIP)

우동 한 그릇 / 구리 료헤이 [지음] ; 최영혁 [옮김].
— [고양] : 청조사, 2015

ISBN 978-89-7322-355-8 03830 : ₩11800

일본 동화[日本童話]

833.8-KDC5
895.635-DDC21 CIP2014035894

우동 한 그릇

구리 료헤이 · 다케모도 고노스케 지음

최영혁 옮김

차례

예약석
2

우동 한 그릇

구리 료헤이

매년 선달그믐날은 우동집으로서는 일 년 중 가장 바쁠 때다. 북해정北海亭 역시 이날은 아침부터 눈코 뜰 새 없이 바빴다. 평소엔 밤 12시가 되어도 거리가 번잡한데 이날만큼은 밤이 깊어질수록 집으로 돌아가는 사람들의 발걸음이 빨라진다. 10시가 넘으면서 북해정도 손님이 뜸해졌다.

사람은 좋지만 겉으로는 무뚝뚝해 보이는 주인이다. 그렇다 보니 주인보다 그의 아내가 단골손님들에겐 더 인기가 좋다. 그녀는 분주했던 날에 대한 답례로 임시로 고용

한 종업원에게 특별 상여금과 선물 꾸러미를 들려 막 돌려 보낸 참이었다.

마지막 손님이 가게를 막 나가고 이제 슬슬 문 앞의 옥호屋號 막을 거두려던 참에 출입문이 드르륵 하고 열리더니 한 여자가 아이 둘을 데리고 들어왔다. 여섯 살, 열 살 정도로 보이는 사내아이들은 새로 사 입힌 듯한 편한 옷차림이고, 여자는 계절이 지난 체크무늬 반코트를 입고 있었다.

"어서 오세요!"

상냥하게 맞이하는 여주인에게 여자는 머뭇거리며 말했다.

"저……, 우동…… 일인분만 주문해도 괜찮을까요?"

"네 네, 그럼요. 자, 이쪽으로."

여주인은 그들을 난로와 가까운 2번 테이블로 안내하면서 주방을 향해 외쳤다.

"우동 일인분."

주문을 받은 주인은 그들을 슬쩍 바라보며 "예, 우동 일

うどん

인분" 하고 대답하고는 우동 한 덩어리에 반 덩어리를 더 넣어 삶았다. 둥근 우동 한 덩어리가 일인분이다. 손님과 아내가 눈치채지 못하게 하려는 주인의 배려로 넉넉한 양의 우동이 삶아진다.

이윽고 김이 모락모락 나는 먹음직스러운 우동 한 그릇이 나왔다. 우동 한 그릇을 가운데 두고, 이마를 맞댄 채 먹고 있는 세 사람의 이야기가 계산대 있는 곳까지 희미하게 들린다.

"맛있다."

형이 말했다.

"엄마도 드세요."

그러면서 동생은 국수 한 가닥을 집어 엄마의 입에 넣어준다.

이윽고 다 먹고 난 뒤 150엔을 내고는 "맛있게 먹었습니다."라고 머리를 숙이고 나가는 세 사람에게 주인 내외는 진심을 담아 큰소리로 "고맙습니다. 새해 복 많이 받으세요."라고 화답했다.

새해를 맞이한 북해정은 변함없이 바쁜 나날 속에 한해를 보내고, 또다시 12월 31일을 맞이했다.

작년보다 더 바쁜 하루를 끝내고 10시가 막 지났을 무렵 가게 문을 닫으려는데 드르륵 하는 소리와 함께 문이 열리더니 한 여자가 두 명의 남자아이를 데리고 안으로 들어왔다. 여주인은 여자가 입고 있는 체크무늬 반코트를 보고 일 년 전 섣달그믐날의 마지막 손님들임을 알아보았다.

"저……, 우동…… 일인분입니다만…… 괜찮을까요?"

"물론이지요. 어서 이쪽으로 오세요."

여주인은 작년과 같은 2번 테이블로 손님을 안내하면서 큰소리로 외쳤다.

"우동 일인분."

"네엣! 우동 일인분."

주인은 이렇게 대답하면서 막 꺼버린 화덕에 다시 불을 붙였다.

"저, 여보…… 서비스로 삼인분 줍시다."

조용히 귓속말을 하는 여주인에게 주인은 "안 돼. 그러면 오히려 불편할 거야."라고 말하며 우동 한 덩이 반을 삶았다.

"이제 보니 당신 겉으론 무뚝뚝한 얼굴을 하고 있지만 좋은 구석이 많네요."

자신을 향해 미소 짓는 아내는 아랑곳 않고, 주인은 변함없이 입을 다물고 삶은 우동을 그릇에 담았다. 테이블 위에 놓인 한 그릇의 우동을 둘러싼 세 사람의 대화가 주인 내외에게까지 들렸다.

"아……, 맛있다."

"올해도 북해정 우동을 먹네요"

"내년에도 먹을 수 있으면 좋겠구나."

다 먹고 나서 150엔을 지불하고 나가는 세 모자를 향해 주인 내외는 "고맙습니다. 새해 복 많이 받으세요."라며 그날 수십 번도 더 되풀이했던 말로 인사했다.

그 다음해의 선달그믐날 밤은 여느 해보다 더욱 번성하는 가운데 맞게 되었다.

북해정의 주인 내외는 누가 먼저 입을 열진 않았지만 9시 반이 지날 무렵부터 안절부절못하고 있었다. 막 10시를 넘긴지라 종업원을 돌려보낸 주인 내외는 벽에 붙어 있는 메뉴표를 차례차례 뒤집었다. 올 여름에 값을 올려 '우동 200엔'이라고 쓰여 있던 메뉴표가 150엔으로 둔갑하고 있었다. 2번 테이블 위에는 30분 전부터 '예약석'이란 팻말이 놓였다.

10시 반이 되자 손님들의 발길이 끊어지기를 기다리기

라도 한 듯 세 모자가 들어왔다. 형은 중학생 교복, 동생은 작년에 형이 입고 있던 조금 큰 점퍼를 입고 있었다. 두 아이 모두 몰라볼 정도로 자랐지만 엄마는 여전히 색이 바랜 체크무늬 반코트 차림 그대로였다.

"어서 오세요!"

웃는 얼굴로 맞이하는 여주인에게 여자는 조심스런 표정으로 말을 꺼냈다.

"저……, 우동…… 이인분인데…… 괜찮겠죠?"

"네, 어서어서. 자, 이쪽으로."

여주인은 그들을 2번 테이블로 안내하면서 올려두었던 예약석 팻말을 슬그머니 치운 뒤 주방을 향해 외쳤다.

"우동 이인분!"

그걸 받아 "우동 이인분!" 하고 큰소리로 답한 주인은 우동 세 덩어리를 뜨거운 물에 집어넣었다. 두 그릇의 우동을 나눠 먹는 세 모자의 밝은 목소리가 들려왔다. 이야기에도 활기가 느껴졌다. 계산대에 있는 여주인과 주방 안에 있는 주인은 눈빛을 교환하며 흐뭇한 표정으로 고개를 끄덕였다.

"얘들아, 오늘은 엄마가 너희 둘에게 고맙다는 말을 하고 싶구나."

"고맙다니요? 엄마, 무슨 말씀이세요?"

"돌아가신 아빠가 일으킨 사고로 여덟 명이나 되는 사람들이 부상을 입었잖니. 사실은, 보험으로도 지불할 수 없었던 배상금을 매달 오만 엔씩 계속 갚아오고 있었단다."

"음……, 알고 있었어요."

형이 대답한다.

여주인과 주인은 꼼짝 않은 채 그들의 대화를 듣고 있다.

"지불 기한이 내년 삼 월이었는데 실은 오늘 지불을 전부 끝냈단다."

"네? 정말이에요, 엄마?"

"그럼, 정말이고말고. 형이 열심히 신문 배달을 해주고 쥰이가 매일 장보기와 저녁 준비를 해준 덕분에 엄마가 마음 놓고 일할 수 있었구나. 열심히 일한 덕분에 회사에서 특별 수당도 받았어. 그것으로 지불을 모두 끝마칠 수 있었단다."

"엄마! 형! 잘됐어요. 하지만 앞으로도 저녁 준비는 내가 할 거예요."

"나도 신문 배달 계속 할래요."

형은 잠깐 머뭇거리는 듯하더니 말을 이어갔다.

"쥰이와 나, 사실은 엄마한테 숨긴 일이 있어요. 뭐냐면요, 십일 월 첫째 일요일에 학교에서 쥰이의 수업에 참관하라는 안내장이 왔었잖아요. 그때 쥰이는 선생님한테 편지를 한 장 더 받아왔었어요. 쥰이 쓴 작문이 북해도 대표로 뽑혔는데 그걸 전국 콩쿠르에 출품하게 되어 수업 참관일에 쥰이가 작문을 읽게 되었다는 내용이었어요. 그런데 선생님이 보낸 편지를 엄마께 보여드리면 무리해서 회사를 쉬실 것 같아 숨겼어요. 그 얘기를 쥰의 친구들에게 들고 제가 참관일에 갔었어요.”

“그랬구나, 그래서?”

“선생님께서 학생들에게 ‘장래에 어떤 사람이 되고 싶은가’라는 주제로 글을 쓰게 하셨는데, 쥰이는 ‘우동 한 그릇’이라는 제목으로 써서 냈대요. 지금부터 그 작문 내용을 읽어드릴게요. 전 ‘우동 한 그릇’이라는 제목만 듣고 북해정에서의 일이라는 걸 알았기 때문에, 마음속으로 ‘쥰이 녀석 무슨 그런 부끄러운 얘기를 썼지!’ 하고 생각했어요. 쥰은 아빠가 교통사고로 돌아가셔서 빚을 많이 남겼다는 얘기, 엄마가 아침 일찍부터 밤늦게까지 일을 하신다는 얘기, 제가 신문을 배달하고 있다는 얘기까지 모두 썼어요. 그러고선 12월 31일 밤 셋이 먹은 우동 한 그릇이 무척 맛있었다는 얘기랑 셋이서 한 그릇밖에 시키지 못했는데도 우동집 아저씨와 아주머니가 ‘고맙습니다. 새해 복 많이 받으세요.’라고 큰 소리로 말해 주신 얘기도 썼어요. 쥰은 그 목소리가 ‘지지 말아라! 힘내! 살아갈 수 있어!’라고

말하는 것 같은 기분이 들었대요. 그래서 쥰은 어른이 되면, 손님에게 '힘내세요!', '행복하세요!'라는 속마음을 감추고, '고맙습니다!'라고 말할 수 있는 일본 제일의 우동집 주인이 되는 것이 꿈이라고, 큰 목소리로 읽었어요."

계산대 안쪽에서 귀를 기울이고 있을 주인 내외의 모습이 보이지 않는다. 계산대 깊숙이 웅크린 두 사람은 수건 끝을 서로 잡아당기면서 참을 수 없이 흘러나오는 눈물을 연신 닦고 있었다.

"작문을 다 읽었는데, 선생님이 제가 엄마를 대신해서 와 주었으니 인사라도 하는 게 어떻겠냐고 하셨어요."

"그래서 어떻게 했니?"

"갑자기 요청받은지라 처음에는 말이 잘 안 나왔지만 곧 얘기를 했어요. '여러분, 항상 쥰과 사이좋게 지내 줘서 고맙습니다. 동생은 매일 저녁 여러분에게 폐를 끼치고 있다고 생각합니다. 방금 동생이 '우동 한 그릇'이라고 제목을 말했을 때 나는 처음엔 부끄럽게 생각했습니다. 그러나 가슴을 펴고 커다란 목소리로 읽고 있는 동생을 보며 한 그릇의 우동을 부끄럽다고 생각하는 마음이 더 부끄러운 것임을 깨달았습니다. 한 그릇의 우동을 시켜 주신 어머니의 용기를 잊어서는 안 된다고 생각합니다. 저와 쥰이 힘을 합쳐 어머니를 지켜드리겠습니다. 앞으로도 쥰과 사이좋게 지내주세요.'라고 말했어요."

서로 손을 잡기도 하고, 웃다가 넘어질 듯 어깨를 서로 두드리기도 하며 작년까지와는 매우 다른 즐거운 그믐날 밤의 광경이었다.

우동을 다 먹고 300엔을 낸 뒤 "잘 먹었습니다."라고 깊숙이 머리를 숙이고 나가는 세 사람을 향해 주인 내외는 일 년을 마무리하는 커다란 목소리로 "고맙습니다. 새해 복 많이 받으세요."라며 전송했다.

다시 일 년이 지났다.

북해정에서는 밤 9시가 지나면서부터 2번 테이블 위에 '예약석'이란 팻말을 놓고 기다리고 또 기다렸지만, 세 모자는 나타나지 않았다. 다음 해에도, 또 다음 해에도, 2번 테이블을 비워 두고 기다렸지만 세 사람은 끝내 나타나지 않았다.

북해정은 해가 갈수록 번창하여 내부를 새롭게 단장하며 테이블과 의자를 전부 바꾸었지만 2번 테이블만은 그대로 남겨 두었다. 새 테이블이 나란히 놓인 가운데 단 하나의 낡은 테이블이 놓이게 되었다. '왜 이런 테이블이 여기에 있지?' 하고 의아해 하는 손님에게, 주인 내외는 '우동 한 그릇'의 사연을 이야기해 주었다.

"언젠가 그 세 사람이 올지 모릅니다. 그때 이 테이블로 안내하고 싶습니다."

예약석
2

이 이야기는 '행복의 테이블'이라는 이야기가 되어 손님에게서 손님에게로 전해졌다. 일부러 멀리에서 찾아와 우동을 먹고 가는 여학생도 있고, 그 테이블이 빌 때까지 기다렸다가 주문을 하는 젊은 커플도 있어 상당한 인기를 끌었다.

그렇게 몇 년이 흘러 어느 해 선달그믐날 밤.

같은 거리에 있는 상점들로 구성된 상조회 회원과 가족 같은 이웃들이 각자의 가게를 닫고 북해정으로 모여들고 있었다. 북해정에서 섣달그믐날의 풍습인 해넘이 우동을 먹은 뒤 제야의 종소리를 들으며 동료와 가족들이 가까운 신사神社로 새해 첫 참배를 가는 것이 몇 년 전부터 관례가 되어 있었다.

그날 밤도 9시 반이 지나 생선가게 부부가 생선회를 가득 담은 큰 접시를 양손에 들고 들어온 것이 신호라도 되듯 서른 명 남짓한 사람들이 술이랑 안주를 들고 모여 가게 안은 한층 들떠 있었다.

그들도 2번 테이블에 얽힌 이야기를 알고 있다. 말은 하지 않았지만, 아마 올해도 빈 채로 새해를 맞이할 것이라 생각하면서도 '섣달그믐날 10시 예약석'만은 비워둔 채 몸을 조금씩 더 붙이고 앉아 즐거운 시간을 보내고 있었다. 우동을 먹는 사람, 술을 마시는 사람, 각자가 가져온 요리에 손을 뻗는 사람, 주방에 들어가 일을 돕는 사람, 냉장고를 열고 뭔가를 꺼내는 사람 등으로 북해정은 늦은 시간임에도 매우 떠들썩했다. 10시 반이 되자 바겐세일 이야기, 해수욕장에서의 추억, 태어난 손자 얘기 등으로 분위기는 한층 더 무르익었다.

순간, 입구의 문이 드르륵 하고 열렸다. 몇몇의 시선이 입구로 향함과 동시에 모두가 입을 다물었다.

오버코트를 손에 든 정장 차림의 두 청년이 들어왔다.

다시 얘기가 이어지면서 시끄러워졌다. 여주인이 미안한 얼굴로 '공교롭게도 만원이어서'라며 거절하려는 순간 기모노 차림의 부인이 들어와 깊이 머리를 숙이며 두 청년 사이에 섰다. 가게 안에 있던 사람들 모두가 침을 삼키며 귀를 기울였다. 여인이 조용히 말했다.

"저……, 우동 삼인분입니다만…… 괜찮겠죠?"

그 말을 들은 여주인의 얼굴색이 변했다. 십수 년의 세월을 건너 그날의 젊은 엄마와 어린 두 아들의 모습이 눈앞의 세 사람과 겹쳐졌다. 주방 안쪽에서 눈을 크게 뜨고 바라보고 있는 주인과 방금 들어온 세 사람을 번갈아 가리키면서 "저……, 저……, 여보!" 하며 당황해 하는 여주인을 향해 청년 중 한 명이 말했다.

"저희는 십사 년 전 선달그믐날 밤, 일인분의 우동을 주문했던 사람입니다. 그때 한 그릇의 우동에 용기를 얻어 셋이 손을 맞잡고 열심히 살 수 있었습니다. 그 후 저흰 외가가 있는 시가 현으로 이사했습니다. 저는 올해 의사 국

うどん

가시험에 합격하여 교토京都의 대학병원에서 신참 의사로 근무하고 있는데 내년 4월부터 삿포로의 종합병원에서 일하게 되었습니다. 그 병원에 인사도 하고 아버지 산소에도 들를 겸 왔습니다. 그리고, 우동집 주인은 되지 않았습니다만 교오토의 은행에 다니는 동생과 상의해서 지금까지 인생 가운데서 최고로 사치스러운 일을 계획했습니다. 그것은, 섣달그믐날 어머니와 함께 삿포로의 북해정을 찾아와 삼인분의 우동을 주문하는 것이었습니다."

고개를 끄덕이며 듣고 있던 여주인과 주인의 눈에서 왈칵 눈물이 넘쳐흘렀다. 입구에서 가까운 테이블에 진을 치고 있던 채소가게 주인이 우동을 입에 넣은 채 듣고 있다가 꿀꺽 삼키고 일어나 말했다.

"여봐요, 주인아줌마, 뭐하고 있어요. 십 년간 이날을 위해 준비해 놓고 기다리고 기다린 섣달그믐날 10시 예약석이잖아요. 어서 안내해요, 안내를!"

채소가게 주인의 말에 번뜩 정신을 차린 여주인이 주방

을 향해 외쳤다.

"잘 오셨어요. 자, 어서요. 여보! 2번 테이블에 우동 삼인분!"

무뚝뚝한 얼굴을 눈물로 적신 주인이 답했다.

"네엣! 우동 삼인분!"

예기치 않은 환성과 박수가 터지는 가게 밖에서는 조금 전까지 흩날리던 눈발이 그치고, 갓 내린 눈에 반사되어 창문 빛에 비친 '북해정'이라고 쓰인 옥호막은 한 발 앞서 불어제치는 정월의 바람에 휘날리고 있었다.

마지막 손님

다케모도 고노스케

게이코의 출근길은 언제나 가볍고 상쾌하다. 몇 대째 살아왔는지 어림하기 힘들 만큼 오래된 주택들 중 사토라는 문패가 붙어 있는 집은 무척 낡았지만 게이코의 명랑한 목소리와 수수하면서도 청순한 옷차림 때문인지 전혀 우중충해 보이지 않는다.

"다녀오겠습니다."

집을 나서서 큰길까지 가는 동안 게이코는 아는 사람을 만날 때마다 상냥하게 인사를 한다.

"안녕하세요."

"아, 안녕, 게이코 양. 출근하나 봐요."

"네."

한겨울의 차가운 바람이 게이코의 낡은 옷 속으로 파고들지만 그녀는 아랑곳하지 않고 힘차게 걷는다.

게이코는 오오쓰大建의 중심가에 있는 과자점 춘추암春秋庵에서 종업원으로 일하고 있다.

올해 나이 열아홉으로, 벌써 4년째 근무 중이다.

종업원이라고 해야 겨우 열다섯 명 남짓이지만 춘추암에서는 매일 아침 사원 식당에서 조례를 하는데, 조례 시간에는 '한마디 제안'이라는 순서가 있다.

그날 아침, 총무부장은 게이코를 지명하여 한마디 제안을 할 것을 권유했다.

게이코는 수줍은 듯이 앞으로 나가 직원들을 향해 고개 숙여 인사를 했다.

"여러분, 안녕하세요."

"안녕하세요."

사람들 앞에서 말을 한다는 것이 쑥스러웠지만 게이코의 인사에 답례를 해 주는 동료 직원들의 모습에 용기를 얻어 게이코는 또렷한 목소리로 말을 이어나갔다.

"저는 얼마 전 한 손님으로부터 시집을 선물 받았습니다. 이 시집은 쉽고 재미있는 표현으로 상인의 생활 자세를 노래하고 있었습니다. 예를 들면 이런 구절입니다. '조그만 가게임을 부끄러워하지 마라. 그 조그만 당신의 가게에 사람 마음의 아름다움을 가득 채우자.'"

모두들 진지한 표정으로 게이코의 말에 귀를 기울이자 게이코는 더욱 상기된 모습으로 말을 이어갔다.

"저는 단숨에 그 시집을 읽고 나서 '장사의 세계란 이처럼 멋있구나' 하는 걸 깨달았습니다. 그런데 이렇게 멋진 세계에 몸담고 있으면서도 나는 왜 이 시인처럼 멋있게 보지 못했을까 하고 생각해 보았습니다. 그 이유는 매일매일 일에 쫓겨 마음의 여유가 없었고, 물건을 파는 데만 정신이 팔려 진심으로 손님들을 대하지 않은 탓이 아닐까 싶었습니다. 이 시는 무엇보다 똑같은 일이라도 자신의 마음에 따라 멋진 일이 되기도 하고 재미없는 일이 되기도 한다는 걸 가르쳐주고 있습니다. 이상입니다."

말을 마친 뒤 자리로 돌아가려고 하는 게이코에게 니시다 사장이 박수를 치며 다가왔다.

"게이코 양, 고마워요. 수고했어요. 덕분에 좋은 공부 했어요. 그래요, 방금 게이코 양이 말한 대로예요. 게이코 양의 말을 듣고 생각해 보니 나를 포함해서 모두들 지금까지 마음의 여유가 없었어요. 조금이라도 시간이 나면 많이 팔아라, 팔아라 하며 안달했어요. 누가 봐도 결코 좋아 보이지는 않았겠죠. 그렇지만 손님에게 진심을 다해 응한다는 거, 쉬운 일은 아니에요. 매상을 올리지 않으면 안 되니 말이에요. 참으로 모순이죠. 다만 우리 회사처럼 상품 자체의 구매력이 별로 크지 않은 조그만 가게에서 상점의 매력을 만들려고 한다면 사람뿐이라고 난 생각합니다. 여러분 모두 이 문제를 생각해 보도록 하세요."

조례가 끝난 뒤 게이코가 밝은 모습으로 자신의 자리로 가고 있는데 지배인인 가야마가 따라와서 말을 건넸다.

"게이코 양, 아까 그 시집 나도 한번 읽어보고 싶은데……. 누구의 시집이죠?"

대답에 앞서 게이코가 가야마의 짐을 나누어 들려고 하자 그가 괜찮다는 몸짓을 했다.

"네, 오카다 데쓰라는 분의 시집입니다."

"누구한테 받은 거죠?"

"저도 잘 모르는 분입니다. 일 년에 두세 번 정도 오시는 손님이거든요. 무슨 일을 하시는 분인지도 모르겠어요. 시집을 받고 성함을 여쭤 보았지만 부담스러워할 것 없다며 말씀해 주시지 않았거든요. 교토에 갔다가 오오쓰의 아가씨가 문득 생각나서 가져왔다고만 하셨어요. 도쿄 사람인지는 모르겠습니다."

“좋은 손님이군요. 감사의 진정한 의미란 바로 이런 거죠. 좀처럼 있을 수 없는 일이 있었다는 거죠. 감사해야겠네요.”

“네, 그러게요. 있을 수 없는 일이 일어났을 때 감사의 마음을 표현하는 말이죠.”

“그렇습니까. 그 손님, 많은 과자점 중에서도 특별히 우리 춘추암에 와 주시는 것만으로도 고마운 일인데 더욱 감사해야겠네요. 그분 또 오시면 지배인님께 알려드리겠습니다.”

춘추암은 그다지 크지도 않고 오래된 가게도 아니다. 하지만 분위기가 중후하고, 비품도 깔끔하게 정리되어 있으며, 손님이 기다리는 공간엔 의자가 놓여 있어 여유가 느껴진다.

할머니 한 분이 게이코의 동료인 나미코와 이야기를 나누고 있다.

"그 과자를 좋아했었지. 오늘은 영감이 돌아가신 날이어서 생전에 좋아했던 과자를 사러 왔다우."

"그러시군요. 할아버지가 돌아가신 지 벌써 삼 년이나 됐네요. 정말 세월이 빨라요. 몇 개나 드릴까요?"

"열다섯 개 줘요."

"알겠습니다."

나미코가 과자를 포장하는 동안 게이코는 안쪽에서 차를 내왔다.

"할머니, 추우실 텐데 따뜻한 차 한 잔 드세요."

"게이코 양, 늘 신세만 지는군요. 아 참, 손녀 미도리가 게이코 양한테 예쁜 종이학을 받았다고 하던데. 얼마나 좋아하던지. 아주 잘 접었던데. 솜씨가 좋더라구. 바빠서 시간이 없을 텐데 언제 만들었지?"

"가게에 손님이 없을 때 접기도 하고 집에서 쉬는 날 접기도 해요."

"우리 미도리, 아가씨를 친한 친구로 생각하는 거 같아. 이제 겨우 초등학생인데……."

"전 괜찮아요. 귀여운걸요. 친구로서 도움이 된다면 제가 더 기쁘지요."

나미코는 자기 가방에서 머플러를 꺼내 손으로 부벼 따뜻해진 것을 확인하고는 과자를 싸서 가슴에 안고 가지고 나온다.

"할머니, 기다리시게 해서 죄송해요. 주문하신 열다섯 개 담았어요. 날씨가 추우니 제 머플러로 싸서 넣어 드릴게요."

그러더니 가슴에서 과자를 싼 머플러를 꺼내 건넨다.

"아, 고마워요. 기분이 좋네. 젊은 아가씨들이 마음 쓰는 게 보통이 아니구먼. 얼마지?"

안쪽에서 가게 입구에 걸 꽃을 준비하고 있던 유키코도 밖으로 나온다.

"네, 천칠백 엔입니다."

추운 날씨 때문인지 가게 앞은 한산하거늘 추위에도 아랑곳하지 않고 셋은 나란히 서서 한참 동안 할머니께 인사를 전한다.

유키코가 준비한 꽃을 가게 문에 걸고 있는데 가야마가 들어오다 말을 건넨다.

"아……, 추워. 오늘은 추워서인지 가게가 조용하군. 참, 유키코 양 그 시집 좀 읽어 봐요."

유키코는 계속 꽃을 만지면서 "뭐라고 하셨죠? 시집이라니요?" 하고 물었다.

"아, 유키코는 당직이어서 조례에 나오지 않았군. 오늘 게이코 양이 '한마디 제안'에서 시집을 읽었어요. 게이코 양의 이야기는 항상 예리하지만 오늘은 특히 더 좋았어요.

그래서……"

그때 지배인의 친구인 나카가와가 차를 타고 지나가다 멈춰 서서 창밖을 향해 소리쳤다.

"안녕, 가야마!"

"여, 안녕. 오랜만이네."

"게이코 양은?"

유키코는 나카가와의 반응을 살피며 야유하는 투로 말했다.

"선배님, 아니 나카가와 씨. 당신은 지배인님 친구라는 핑계로 늘 가게에 오시면서 한 번도 과자를 사가시진 않는군요. 그래도 되는 겁니까?"

"난 과자를 좋아하지 않아요."

"그렇습니까? 그런데 게이코 양이 내놓는 차와 과자는 잘 드시던데요."

"게이코 양의 것은 예외거든요."

"말끝마다 게이코 양, 게이코 양……. 선배님은 도대체 게이코 양을 어떻게 하려는 거죠?"

"유키코에게는 당할 수가 없군. 아침부터 비꼬지 말아요, 아무 속셈 없으니까요. 게이코 양이 있으면 차라도 한 잔 얻어 마실까 하고 가벼운 마음으로 들른 것뿐이니까."

이때 가야마가 바쁘지 않으면 들어오라고 권하자 나카가와는 차를 세워놓고 들어오려 했다.

나미코는 앞문을 열어주면서 안쪽을 향해 마치 안내 방송을 하듯 장난스럽게 "게이코 양, 면회입니다."라고 외쳤다.

그 말에 게이코가 "네, 지금 바로……."라고 대답하며 급히 밖으로 나왔다.

"아니, 아무도 없잖아요?"

나미코 외에는 아무도 없다.

"후후, 미안. 밖에 미스터 엘리트 나카가와 씨가 왔어요."

그 말에 게이코가 의아하다는 표정으로 묻는다.

"나카가와 씨?"

"게이코 양이 있으면 들어오겠대요."

잠시 후 나카가와가 가게 안으로 들어와 쑥스러운 표정으로 인사를 건넸다.

"안녕, 게이코 양. 잘 있었어요?"

나카가와의 인사에 게이코도 인사를 건넨다.

"나카가와 씨, 안녕하세요. 어서 오세요."

가게로 들어온 나카가와는 손님 의자에 앉는다.

"그동안 좀 뜸했죠. 회사 연수가 있어서 이즈로 출장을 다녀왔어요."

그 말에 꽃을 손보고 있던 유키코가 "선배님, 그럼 선물은 나중에 게이코의 집으로 보내겠네요?" 하고 비꼬는 소리로 물었다.

이 말에 나카가와는 "유키코 양은 사람을 곧잘 괴롭히는군요. 좋지 않은 버릇이에요."라며 정색했다.

밸런타인데이를 앞두고 홍보 문구를 작성하던 가야마

가 물었다.

“며칠이나 다녀온 거야?”

“일주일. 억지로 다녀왔어.”

“억지로라니? 출장도 엄연히 일의 연장이잖아.”

“그야 그렇지만.”

“한마디로 자네와 자네 회사가 너무 급성장했어. 사람은 키우지 않고 규모만 키웠지.”

“그게 무슨 의미야? 흠, 자네 말이 맞을지도 모르지. 세일즈가 약하니까. 종업원들을 매뉴얼대로 교육해서 시스템화하려고 하니까. 그런데 그게 발상 전환이 잘 안 되는 시대가 되면 혼란에 빠져. 그래서 우리를 옥죄어 놓고 매뉴얼을 검토하게 한 거지.”

유키코가 중간에 끼어들었다.

“뭐죠, 그 매뉴얼이라는 게?”

그 말에 나카가와가 다소 빈정대는 듯한 말투로 대꾸했다.

"평소엔 그렇게 아는 척 잘하고 참견도 잘하면서 매뉴얼도 몰라요? 이 가게엔 접객 매뉴얼도 없나?"

"그런 거 없어요. 과자 파는 데 매뉴얼이고 애니멀이고 있을 필요가 없죠. 그렇죠, 지배인님?"

가야마는 싱긋 웃으며 나카가와 옆자리에 앉는다.

"뭐 우리처럼 작은 가게는 그런 거 없어도 돼요. 베테랑인 유키코 양부터 가장 신입인 게이코 양도 사 년이나 됐으니까. 한 사람 한 사람이 모두 제 능력을 발휘하기 충분하지."

나카가와는 가야마의 말을 정면으로 부정했다.

"자넨 맘 편한 소리만 하는군. 매뉴얼은 그 회사의 능력을 결집한 하나의 기술이야. 그 기술을 갖고 있지 않은 걸 정당화하다니……."

이때 밖에서 손님이 한 사람, 두 사람 들어오기 시작했다.

"아이, 추워."

손님들이 들이닥치자 가야마는 자리에서 일어나고, 유키코도 일하던 손을 멈추고 손님을 향해 "어서 오세요." 하며 인사를 드렸다.

게이코는 나카가와에게 차를 가지고 가다가 손님을 향해 "어서 오세요, 추운데 와 주셔서 감사합니다." 하고 인사를 했다.

"아, 게이코 양, 오랜만이에요."

"네, 안녕하세요. 친구 분도 여전히 건강하시죠?"

"네, 그럼요. 건강해요. 답장 빨리 해 줘서 고마워요. 큰 도움이 됐어요. 그런데 연하장에 있던 시가 누구의 작품이죠? 멋있다고 친구들도 칭찬했어요."

"부끄럽습니다."

게이코가 수줍은 듯이 말했다.

"항상 가져가는 걸로 두 세트 부탁해요."

부인은 주문을 하고 나서 가야마에게 말했다.

"지배인, 오늘은 내 친한 친구를 데리고 왔어요."

그 말에 가야마는 앞으로 다가서며 "춘추관의 지배인인 가야마입니다." 하고 인사를 건넨다.

소개받은 부인은 매우 품위 있고 조용해 보였다.

"친구가 이 가게를 무척 칭찬해서 와 보고 싶었어요. 춘추암의 홍보원이죠. 호호호……."

손님이 나가고 난 뒤 시집을 뒤적이고 있던 나카가와가 가야마에게 묻는다.

"자네, 이런 거 읽나?"

"읽으려고 빌렸지."

"아직도 이런 책이 팔리나? 이런 책 사는 사람 속을 모르겠군. 장사가 이 책에 나오는 것처럼 쉬운 것도 아니고……. 먹느냐 먹히느냐의 사투인데. 헛, 이것 봐라. '번성하려고 생각하는 것은 아니다. 생각해야 할 것은 오늘도 또 사람의 마음의 아름다움을 우리 장사의 모습으로 하고 싶은 것이다.' 쳇, 이런 내용이라니."

나카가와의 냉소적인 목소리는 점점 커진다.

"지나치게 안이하고 소녀 취향적인 로맨티시즘이군. 가게가 번성하지 않으면 무엇으로 상인의 기쁨이 있단 말인가? 기업의 확대 성장이야말로 종업원이나 상인의 앞날에 희망을 가져올 수 있지 않을까. 그러기 위해서는 이런 정서적인 생활 방식이 아니고 이성을 최대한 발휘하는 투쟁이 필요하지. 자본력과 조직력을 무기로 하는……."

그 말에 가야마가 흥분해 반론을 제기했다.

"대기업에서 일하는 샐러리맨 집단인 자네들은 무엇이든 빨리 결과를 얻으려 하지. 이 시는 번성이라는 결과에 이르는 과정의 시가 아닐까. 자넨 늘 자신의 주장만을 강요하는군."

나카가와도 물러나지 않았다.

"손님들은 대개 멋대로지. 그런 멋대로인 자기 본위의 손님을 어떻게 일일이 만족시킬 수 있겠는가. 그런 데 연연해서는 엘리트가 될 수 없어."

"그 멋대로인 손님에게 부탁도 받지 않은 것을 자신의 이익을 위해 팔려고 하고 있군. 그 자신도 멋대로 생각하지 말게."

"그래서 자넨 대학 때 성적도 좋았으면서 대기업에서 근무하지 않는 건가? 이런 시골 거리의 작은 가게에 만족해선 안 돼."

과자를 포장하고 있던 게이코가 끼어들었다.

"나카가와 씨, 남의 책을 마음대로 보고 시비를 따지는 건 실례가 아닐까요. 사람마다 모두 각자의 생각이 있지 않겠어요?"

"게이코 양, 내 말을 들어 봐요. 내가 말하고 싶은 건, 상인은 이성을 발휘해야 한다는 거예요. 지금 같은 합리주의 경쟁사회에서 손님에게 마음의 아름다움을 호소해 봐야 쓸데없는 일이라는 겁니다."

"전 나카가와 씨 말처럼 어려운 건 모릅니다만 마음으로 느끼는 것을 소중히 하며 살아가는 사람도 많다고 생각할 뿐입니다."

유키코도 나서서 게이코의 말에 맞장구쳤다.

"맞아요. 저도 게이코 말에 동감해요. 말 없는 게이코의 조용한 저항이여, 더 말해 봐."

나카가와가 말을 하려는 순간 사람들이 몰려들어왔고, 언쟁은 저절로 중단됐다.

그날 오후, 다도회가 열리는 다실에서 일을 끝내고 돌아가던 길에 가야마는 게이코에게 새삼 격려의 말을 건넸다.

"게이코 양, 수고했어요. 피곤하죠?"

"아니에요. 즐거웠는걸요."

"야마다 선생님은 멋진 분이죠. 솔직하게 기뻐해 주시다니. 그것도 다도의 마음일까요. 그처럼 유명한 사람은 으스대고 솔직하지 못한 경우도 많은데 말이죠."

"그러게요. 모두 좋은 사람들입니다."

"사람은 끼리끼리 모인다고 했어요. 어떤 사람과 사귀느냐 하는 건 매우 중요해요."

"전 좋았어요. 모두 좋은 사람들이던걸요. 그보다 참, 지배인님, 오늘 아침 나카가와 씨와 매뉴얼 이야기를 하셨는데, 그 매뉴얼이라는 게 뭐죠?"

"흠, 또 게이코 양의 호기심이 발동했군. 일종의 안내서라고 할까, 아님 기본을 생각하는 텍스트라고 할까. 세상이 복잡해지면서 기본을 중시해야 할 일이 많아지고 있어요. 특히 고도의 기술 사회에서 매뉴얼은 무척 중요한 거예요."

"그런데 어째서 나카가와 씨의 의견에 반대하셨죠?"

"아니에요, 난 매뉴얼을 부정하는 게 아니에요. 나카가와가 말하는 접객 관계의 매뉴얼은 기본적인 사고방식이 잘못돼 있어요. 가게나 판매하는 측에서 발상한 매뉴얼은 돈을 벌기 위해서 손님을 적당히 접객하는 것과 다를 바가 없거든요."

"그렇군요. 접객이라 하면, 손님의 입장에서 해야겠죠?"

"물론이죠. 그런 매뉴얼은 손님 입장에서 보면 천편일률적인 것밖에 되지 않아요."

"그래서 우리 가게에서는 형식보다 기본을 중시하라고 하는군요. 그것도 매뉴얼인가요?"

"바로 그거예요. 그 마음을 잃으면 생각과 행동이 이상해져 가게가 단순히 돈과 물건의 교환소가 되어 버리죠. 그럼 자동판매기로도 충분하지 사람은 필요 없어지지 않겠어요?"

"훌륭한 많은 분들과 만나고, 그분들과 마음이 통하니 우리 일의 기쁨이 있는 것 같아요."

"그래요, 인간을 이익과 손해의 대상으로만 생각한다면 서로 즐거워지는 일의 멋을 포기하는 거예요."

"인간이란……, 인간으로 태어난 것을 기뻐하지 않으면 안 되죠."

"맞아요, 물론 인간이니까 효율성을 높여 이득을 얻어 좀 더 여유롭게 살고 싶어 하는 마음을 이해하지 못하는 것은 아니지만……."

"뭔가 씁쓸하네요. 물질적으로 풍부하지 않으면 행복하지 않다고 생각하는 것이……."

두 사람의 대화는 진지했다.

그날 밤, 늦은 시간에 찾아온 마지막 손님이 어둠 속으로 사라질 때까지 전송을 하고 난 게이코는 남은 과자를 정리하고 청소도 끝마친 뒤 내일 준비를 하고 있었다.

유난히 추운 하루였다. 오늘도 많은 일이 있었다. 손님들이 많이 와 주었으니 고마운 일이다.

퇴근을 위해 탈의실에 들어가 사복으로 갈아입고 나오니 불이 꺼진 가게 주위는 더욱 차갑고 조용하게 느껴졌다. 수수한 차림에 털로 짠 커다란 숄을 머리까지 완전히 뒤집어쓴 수녀와 같은 게이코의 모습이 어둠 속으로 멀어져 갔다.

큰길로 들어섰을 때 지붕 위까지 가득 눈이 쌓인 자동차 한 대가 게이코 옆을 스쳐갔다. 혹시나 하는 마음에 고개를 돌려보니 자동차가 가게 쪽으로 향하고 있었다.

春秋庵
パン

자동차가 춘추암 앞쪽으로 방향을 트는 순간 게이코는 문득 '과자를 사러 오는 건 아닐까?' 하는 생각이 들었다. 생각이 미치자 게이코는 가게를 향해 뛰어 갔다.

예상대로 그 차는 춘추암 앞에 멈추어 있었다.

게이코가 차 유리문을 똑똑 하고 두드리자 문이 내려가며 차 안에 있는 남자의 얼굴이 보였다.

게이코가 물었다.

"혹시 과자가 필요하십니까?"

"여기가 춘추암이죠?"

"네, 그렇습니다."

"이미 끝났군요."

"네, 그런데 전 이 가게 직원입니다. 과자가 필요하시다면 문을 열겠습니다……."

"정말입니까? 이거 참 고맙습니다. 부탁합니다."

"네, 금방 열 테니 차 안에서 기다려 주시겠습니까? 밖이 많이 춥습니다."

"네……."

게이코는 문을 열고 안으로 들어가 불을 켜고는 다시 밖으로 나와 손님을 안내했다.

"많이 기다리셨습니다. 들어오세요."

"미안합니다. 번거롭게 해서."

게이코는 가스스토브에 불을 붙이며 대답했다.

"아닙니다. 먼 곳까지 찾아와 주셔서 고맙습니다. 이쪽으로 오세요. 지금 난방을 넣었습니다."

45,6세 쯤으로 보이는 점잖은 신사의 이름은 시로도라고 했다.

"다행입니다. 고맙습니다. 문을 닫았으면 어쩌나 걱정하면서 왔습니다."

게이코는 서둘러 진열 케이스의 하얀 덮개를 거두면서 대답했다.

"조금 늦으셨지만 이렇게라도 때를 맞춰 오셔서 다행입

니다."

그 말에 시로도가 안도하면서 말했다.

"실은 저희 어머니가 암으로 오랫동안 병상에 누워 계셨는데 연세가 연세이신지라 아무래도 심상치 않아서……. 오늘 아침에 의사에게 버텨 봐야 하루 이틀이란 말을 들었습니다. 그러면서 누군가 만나게 하고 싶은 사람이 있으면 알리고, 잡숫고 싶은 것이 있으면 사다 드리라고 하더군요."

시로도의 말을 듣는 게이코의 얼굴색이 변해 갔다.

"그래서 어머니께 드시고 싶으신 게 있냐고 여쭈니 전에 먹은 오오쓰에 있는 춘추암의 과자가 맛있었다며 한 번 더 드시고 싶다고 하셨습니다. 과자 이름을 아시느냐고 여쭸더니 잊었다고 하셨어요. 그래서 곧 사올 테니 기다리시라 하곤 길을 나선 겁니다. 그런데 공교롭게도 아무키 부근에 눈이 많이 와서 차가 무척 밀리는 거예요. 초조한 마음으로 겨우겨우 도착했더니 이미 가게 문은 닫혀 있고.

어머니가 건강하시다면 다음을 기약하겠지만 오늘 내일을 알 수 없는 환자라서……. 오늘이 아니면 다시 기회가 없는데 하고 난감해 하던 참이었어요. 실망하실 어머니 얼굴이 떠올라서. 그런데 이렇게 친절한 아가씨를 만나니 정말 다행입니다.

이야기를 듣고 있던 게이코의 얼굴이 감동으로 벅차올랐다.

"그러셨군요……."

게이코의 얼굴에 어떤 결의마저 감돌았다.

게이코는 남자의 이야기를 듣고 어찌해야 할지를 몰랐다. 어쨌든 이 세상 마지막으로 우리 가게의 과자가 먹고 싶다고 하는 손님이니 그분께 어떻게 보답하는 것이 좋을까를 곰곰이 생각했다.

게이코는 입장을 바꿔 생각해 보았다. 내 어머니도 병상에 계신다. 어머니가 이 세상에서 마지막일지도 모른다는 말을 들었을 때 먹고 싶은 음식이 있다고 하시면 나 역시 무슨 일이 있어도 사러 달려가겠지……. 그랬을 때 내가 달려간 가게에서 나에게 어떻게 응대해 주면 기쁠까. 게이코는 이렇게 생각하며 내가 대접 받았을 때 기쁜 그대로 손님에게 해 드려야겠다고 생각했다.

게이코는 깊은 생각에서 깨어난 듯 손님에게 말했다.

"알겠습니다. 그런 사정이라면 과자를 고르는 것은 저에게 맡겨 주시지 않겠습니까?"

"그러지요. 부탁합니다."

게이코는 시로도에게 따뜻한 차를 대접하고는 바로 과자를 고르기 시작했다.

맡겨 달라고는 했지만 내심 걱정이 됐다. 중병에 걸린 분이 드시는 만큼 씹기가 힘들거나 떡처럼 목에 걸릴 위험이 있는 것은 제외하고 부드러운 과자만으로 두 개씩 선택

했다.

그때 문득, 그분이 생각하신 과자와 내가 고른 과자가 다르다고 하시면 어쩌나 하는 생각이 들었다. 만약 그렇게 되면 손님 댁을 알아놓았다가 갖다 드리는 방법밖에 없다고 생각했다.

"저……, 괜찮으시다면 주소와 성함, 전화번호를 메모지에 남겨 주시겠습니까?"

"네에, 그러지요."

시로도는 메모지에 집주소와 이름, 그리고 전화번호를 적었다.

게이코는 준비된 과자를 시로도에게 건네주며 말했다.

"오래 기다리시게 했습니다. 제 나름대로 적당하다 싶은 것을 골랐습니다. 모쪼록 어머님께서 맛있게 드셨으면 좋겠습니다."

시로도는 지갑을 꺼내면서 말했다.

"고맙습니다! 그리고 밤늦게 죄송했습니다. 얼마지요?"

"이 과자 값은 받을 수 없습니다."

게이코의 목소리는 아주 결연했다.

"네? 어째서죠?"

시로도가 의아한 표정으로 물었다.

"이 세상 마지막으로 우리 가게의 과자를 드시고 싶다는 손님께 드리는 저희 가게의 성의이기 때문입니다."

"그래도……, 닫았던 가게를 열어주고, 게다가 수고를 끼치고 과자까지 무료로 받아 돌아간다면 마음이 편치 않습니다. 과자값은 받아 주세요. 부탁입니다."

"손님, 그런 말씀 마시고 저희의 성의를 받아주시지 않겠습니까? 제가 부탁드립니다."

"그렇습니까. 정 그러시다면 염치없지만 고맙게 받겠습니다. 어머니께서도 기뻐하실 거예요. 아가씨 이름이라도 알려 주겠어요?"

"게이코라고 합니다."

"게이코 양, 실례입니다만 몇 살이죠?"

"열아홉입니다."

"내 딸보다 한 살 위인데 훨씬 성숙하고 총명하군요. 정말 훌륭해요."

"그보다도, 어머님께서 기다리십니다. 한시라도 빨리 돌아가셔서 드시게 해 드려야죠."

몇 번이나 감사하다고 인사하면서도 시로도는 말만으로는 표현할 수 없는 어떤 감동을 느꼈다.

"네, 그렇군요. 고마워요, 게이코 양. 정말 고맙습니다."

밖에는 다시 눈이 내리기 시작했다. 차에 타려고 하는 시로도에게 게이코가 마지막 당부를 했다.

"아무쪼록 운전 조심하셔서 돌아가십시오. 고맙습니다. 어머님 잘……."

시로도가 눈물을 글썽이며 대답했다.

"고마워요, 게이코 양, 오늘 밤 일은 평생 잊을 수 없을 거예요."

시동이 걸리고 서서히 차가 움직였다. 백미러를 통해 보니 게이코는 몇 번이나 인사를 하며 전송하고 있었다.

게이코는 마음속으로 그 할머니의 안녕을 빌었다.

부모의 마지막 가는 길을 위해 멀리서 와 주신 이 어른은 얼마나 효성이 지극한가. 사람의 마음이란 아름다운 것이라고 생각해 온 게이코는 부디 그분이 무사히 집으로 돌아가서 어머니의 작은 소망에 응할 수 있게 되기를 간절히 빌었다.

다시 가게로 들어온 게이코는 가스를 끈 뒤 자신의 가방에서 '코트 적립금'이라고 쓰인 돈봉투를 꺼냈다. 그리고는 천칠백 엔을 꺼내 그날 매상에 추가하고는 불을 끄고 가게 밖으로 나왔다.

혼자 밤길을 걷는 게이코의 걸음은 빨랐지만 표정만은 그 어느 때보다 밝았다.

그때 맞은편에서 걸어오던 게이코 또래의 남녀 무리 중 하나가 게이코의 어깨를 툭 쳤다.

"엇, 게이코 아냐?"

고개를 돌려보니 아는 친구다.

"무척 즐거운 표정이네. 혹시 데이트하고 오는 길?"

게이코는 당황하며 고개를 흔들었다.

"아니, 일 마치고 들어가는 길이야."

"변명할 것 없어. 우리도 데이트 중인걸."

그러면서 친구는 일행에게 눈길을 줬다.

"우린 저녁 먹고 춤추러 갈 거야. 괜찮으면 같이 가자."

게이코가 사양하자 친구는 요란스럽게 손을 흔들며 가버렸다.

게이코는 맛있는 저녁을 먹고 춤추러 클럽에 가는 친구가 조금도 부럽지 않았다. 그녀의 머릿속은 온통 조금 전의 마지막 손님 생각으로 가득 차 있었고, 그래서 얼굴 표정이 밝은 것이었다.

집으로 돌아온 게이코는 가장 먼저 어머니가 누워 계신 방으로 들어갔다. 어머니는 교통사고를 당해 벌써 몇 달째 누워 있었다.

"어머니, 저 왔어요. 오늘은 기분이 어떠세요?"

"그래, 많이 추웠지? 그런데 무슨 좋은 일이라도 있었니?"

"그렇게 보여요?"

"응, 넌 무슨 일이 있으면 곧 얼굴에 나타나잖니."

"별로……, 당연한 일을 했을 뿐인데 이렇게 기분이 좋다니 나도 모를 일이에요. 얼른 저녁상 차릴게요."

어머니는 안쓰러운 눈길로 딸의 뒷모습을 바라보았다.

게이코가 부엌으로 들어서니 여동생이 앞치마를 두르고 생선을 굽고 있었다.

"미안, 늦어서……."

"아냐, 언니. 내가 할 줄 몰라서 생선만 구워 놨어."

게이코는 서둘러 앞치마를 두르곤 냄비에 물을 붓고 저녁 준비를 했다.

"고생했네. 이젠 언니가 할 테니 상 좀 차려 줘."

이때 초등학교 6학년인 남동생이 들어와서는 생선구이를 손가락으로 쿡 찔러 보더니 과장된 몸짓으로 말했다.

"어휴, 또 고등어구이야? 우리도 가끔 레스토랑 가서 저녁 먹었으면 좋겠다."

그 말에 작은 누나가 나무라듯 말한다.

"사내대장부가 반찬 타령하면 못써. 우리 집은 알뜰하게 살림을 꾸려나가지 않으면 안 돼. 알 만한 애가 왜 그러니?"

"그럼 고등어만이라도 바꿀 수 없어? 반찬 타령 안 하게……."

남동생은 여전히 볼멘소리로 중얼거렸다.

"네네, 도련님, 반찬 타령 안 하게 해드리죠……."

게이코의 말에 남매는 까르르 웃었다.

게이코에게는 남동생 둘, 여동생 셋이 있다. 장녀인 게이코가 식탁을 에워싸고 동생들과 함께 저녁 한때 단란한 시간을 보낼 수 있는 것도 이때뿐이다.

맛있게 밥을 먹던 막내가 갑자기 물었다.

"이거 맛있다……. 그런데 아버진 지금쯤 어디서 무얼 하고 계실까?"

"아버지 얘긴 꺼내지 않기로 했잖아!"

바로 위의 누이가 막내의 말을 잘랐다.

저희들끼리 투닥거리는 걸 보며 게이코는 마음이 아팠다. 막내는 이제 초등학교 4학년이다. 어리다면 어리고 아직 응석을 부릴 나이기도 하다.

그런데 집을 나가 버린 아버지에게선 벌써 몇 년째 소식이 없다. 동생들도 내색은 하지 않지만 이따금씩 아버지가 보고 싶기도 하고 다른 아이들이 부럽기도 할 것이다.

저녁 식사를 마친 뒤 게이코는 어머니가 누워 계신 방으로 들어갔다.

작은 소반에 담아 혼자 식사를 하는 어머니는 병석에 누워 있는 사람답지 않게 매우 밝았다.

게이코는 무엇보다도 그 점이 다행스러웠다. 어머니는 자신이 일을 할 수 없어 어린 딸에게 일을 시키는 것을 늘 괴로워했다. 그러면서도 자식들을 생각해 언제나 밝은 표정을 잃지 않으려 애썼다. 그걸 게이코도 잘 알고 있었다.

스탠드를 밝히고 책상 앞에 앉은 게이코는 일기장에 시를 한 편 쓰기 시작했다.

한 사람의 손님을 기쁘게 해 주기 위해
최선을 다하고
한 사람의 손님의 생활을 위해
나의 이익을 버린다
인간으로서의 아름다움을
우리 상인들의 모습으로 간직하고 싶다

시계가 어느덧 10시를 알렸다. 고개를 돌려 보니 희미한 스탠드 불빛 아래로 나란히 잠든 어머니의 모습이 보였다.

맨끝 방문 쪽 비어 있는 곳이 게이코의 자리다.

불을 끄고 자리에 누웠으나 쉽게 잠이 오지 않았다.

벌써 10시, 그 손님은 지금쯤 나고야에 도착했을까? 불

현듯 그 손님이 떠오르고 꼬리를 물고 온갖 생각이 머릿속에서 이어진다.

과자를 보고 기뻐하는 노부인의 얼굴이 갑자기 일그러지며 이 과자가 아니라고 고개를 젓는다. 그 말에 난감해하는 아들.

또 다른 영상은, 과자가 목에 걸려 고생하는 부인과 어쩔 줄 몰라 하는 아들.

목에 걸린 과자를 토해내게 하려고 진땀을 빼는 모습이 게이코의 머릿속을 가득 채운다.

이런저런 생각이 떠올라 게이코는 깊은 잠을 이룰 수 없었다.

다음 날, 어제 저녁 일이 걱정된 게이코는 다른 날보다 일찍 집을 나섰다.

"안녕, 나미코."

먼저 출근해 청소 중이던 나미코가 종종걸음으로 걸어오는 게이코를 맞았다.

"안녕, 게이코. 어제 늦게 퇴근했잖아?"

"응."

"그런데 왜 이렇게 빨리 나왔어?"

게이코는 급히 전화기 쪽으로 다가가며 대답했다.

"조금 걱정되는 일이 있어서……."

어딘가로 전화를 걸던 게이코의 표정이 조금 초조해 보였다.

"여보세요, 시로도 씨인가요?"

"아, 게이코 양이군요. 내가 어제 가게에 갔던 시로도입니다."

"아, 안녕하세요. 어제는 멀리까지 와 주셔서 감사했습니다. 저, 어젯밤 어머님은 어떠셨는지요?"

"네, 나야말로 고마웠습니다. 어젯밤에 서둘러 집으로

왔습니다만……, 차가 밀린 탓인지 집에 도착하니 열 시 반이더군요. 그런데 어머니는 기다리다 지치셨던지 열 시에 숨을 거두신 뒤였어요. 게이코 양이 어머니를 위해 골라준 과자를 맛보여 드리지 못해 안타까웠습니다. 정말 미안합니다. 어쩐지 돌아오는 길에 공연히 신경이 쓰여서 늦어질 것 같다고 어머니께 전화를 걸었지요. 그리고 게이코 양 얘기도 했습니다."

게이코의 얼굴은 긴장해 있었으나 눈에선 걷잡을 수 없이 눈물이 흘러내리고 있었다. 울음을 삼키느라 잠시 말을 멈췄는데 수화기 저편에서 '게이코 양! 게이코 양!' 하는 소리가 들려왔다.

"네, 미안합니다."

시로도의 말이 이어졌다.

"그런데 말입니다. 게이코 양의 마음이 통한 걸까요? 뭐라 형언할 수 없는 편안한 모습으로 눈을 감으셨답니다. 아, 그리고 숨을 거두시기 전에 갑자기 당신의 가게를 '그

가게, 좋은…… 가게로군' 이렇게 말씀하셨다는 거예요. 다행이라고 생각해요. 고마워요, 정말로. 게이코 양의 착한 마음, 평생 잊지 못…….”

시로도의 목소리가 젖어드는가 싶더니 잠시 말을 잇지 못했다.

시로도의 말을 듣는 게이코도 무언가가 목구멍을 틀어 막은 것처럼 말을 할 수가 없다. 가까스로 눈물을 삼킨 게이코가 입을 열었다.

"장례식은 언제인가요?"

"네, 내일 오후 1시 저희 집에서 거행할 겁니다."

수화기를 내려놓은 뒤 게이코는 화장실로 달려갔다. 눈물이 걷잡을 수 없이 흘러내렸다. 이 세상을 떠나며 먹고 싶은 것도 먹지 못하고, 소박한 소망도 이루지 못한 채 눈을 감은 분을 생각하니 안타까웠다.

그때 막 가게 안으로 들어오던 지배인 가야마가 게이코의 모습을 보고 놀라 물었다.

"게이코 양, 안녕? 왜 그래요? 무슨 일 있었어요?"

게이코는 마음을 진정시키며 애써 눈물을 감추고 대답했다.

"아, 아니에요, 지배인님. 아무 일도 아니에요."

"응, 무슨 일이죠? 평소의 게이코 양 답지 않게."

"정말 아무 일도 아니에요."

"그렇다면 다행이지만……."

짐짓 아무 일도 없었다는 듯이 말하는 게이코의 태도에 더는 묻지 않았지만 가야마는 왠지 석연찮았다.

그날 오전, 게이코는 좀처럼 하지 않던 아주 작은 실수를 했다. 딱히 게이코의 실수라고는 할 수 없는 일이기는 했지만.

손님이 물건을 두고 갔는데 그것을 제대로 챙겨 주지 못한 것이었다. 다른 날 같았으면 손님이 자리를 뜨고 난 뒤 혹시 잊고 간 물건은 없는지 꼭 확인하던 그녀였는데 그날은 뒤늦게 발견한 것이다.

사치코가 물건을 들고 뒤따라 나갔지만 시간이 조금 지

난 뒤라 만나게 될지도 걱정이었다.

그러다 "다녀왔습니다."라는 사치코의 목소리를 듣고 게이코는 고개를 들었다. 사치코의 손에 물건이 없는 것을 보고서야 게이코는 마음을 놓았다.

"죽어라고 뛰어갔지. 다행히 지하철 역을 들어가기 전이더라고. 아주 기뻐하던걸. 돌아오는 길에 역 앞에서 나카가와 씨를 만났는데 그 사람이 바래다 주었어."

"그랬구나……. 앞으로는 손님에게 좀 더 신경을 쓰지 않으면 안 되겠어."

그때 나카가와가 가게 안으로 들어섰다.

"안녕."

가야마 지배인이 먼저 대답했다.

"오, 미안미안. 사치코를 태워다 줬다며."

"아냐, 어차피 여기에 오려던 참이었으니까."

나이가 가장 어린 나미코가 차를 내오면서 사과했다.

"지배인님, 사치코 언니뿐 아니라 우리 모두가 신경을

못쓴 탓이에요. 언제나 선배만 꾸중을 들으니까 미안해요."

그 말에 게이코는 어쩔 줄 몰라 하며 모두에게 미안한 듯이 말했다.

"제 손님인데 제가 신경 쓰지 못해 여러 분들께 폐를 끼쳐서 미안해요."

"아니, 한 사람만의 담당이 아니에요. 가게의 손님은 가게 전체의 손님이니 우리 모두가 신경 써야 해요."

무슨 일인지 영문을 몰라 하던 나카가와가 끼어들었다.

"모두들 무슨 얘기 하고 있는 거예요?"

"조금 전에 왔던 손님이 물건을 놓고 가서 말이야."

그 말에 나카가와는 어이가 없다는 듯이 말했다.

"모두들 머리가 어떻게 된 거 아냐? 물건을 잊어버리고 간 건 손님이야. 잊어버리고 간 손님이 잘못이지 당신들이 사과할 일이 아니잖아? 옳은 건 옳고 그른 건 그른 거야. 이런 식으로 남이 실수한 것까지 일일이 책임을 졌다가는 이 각박한 세상을 살아나갈 수가 없어. 자기 책임의 범위 안에서 살펴나가면 된다고."

이들의 대화에는 관심 없이 아까부터 무언가를 곰곰이 생각하고 있던 게이코가 가야마에게 물었다.

"지배인님, 저 잠깐 공장엘 갔다 와도 될까요?"

"공장엔 무슨 일로?"

"별도 주문에 대해서 물어보려구요."

지배인의 허락을 받고 가게를 나서는 게이코의 뒷모습이 이상하게 쓸쓸해 보였다.

게이코가 나간 뒤 가게 안에선 다시 대화가 이어졌다.

나카가와가 가야마에게 말했다.

"요즘 세상에 그런 것쯤은 알고 있어야 한다고. 게이코 양도 풀이 죽어 나간 걸 보라고."

"알지도 못하면서 참견하지 말게. 게이코 양이 풀이 죽어 있던 건 아침부터야."

"그러고 보니 게이코가 아침 일찍 출근하자마자 어딘가

에 전화를 걸어 장례식은 언제냐고 물었어요. 틀림없이 들었어요."

"그래서 그런가……."

"애처롭다고 할까, 애써 아무 일도 없다는 듯이 행동하고 있는 게이코는 다른 사람들이 신경을 쓸까봐서……."

그녀들의 대화를 듣고 있던 가야마는 동료의 일에 마음을 써 주는 그녀들의 착한 마음이 고맙고 기특했다.

게이코가 가게를 나와 찾아간 곳은 일고여덟 명이 일하는 작은 공장이었다. 공장장이 먼저 게이코를 알아보고 반가운 표정으로 다가왔다. 게이코는 그의 안내로 직원 식당으로 내려왔다.

"게이코 양이 웬일이지? 새삼스럽게……. 아버지에게 무슨 연락이라도 있었나? 기운이 없어 보이네."

"아니에요. 감기 기운이 약간 있어서 그럴 거예요."

"그래? 조심해야지. 잘 버티고 있는 것 같은데. 무리해선 안 돼."

"네……."

중년을 넘긴 공장장은 먼 산을 바라보며 감회에 젖은 듯 말을 이었다.

"참, 세월 빠르군. 벌써 4년이 지났으니. 그때 여러 사람의 얘기를 들었으면 게이코도 올해 졸업을 하는 건데……."

"이제 그 얘긴 하지 말아 주세요."

게이코는 황급히 그의 말을 막았다.

실은 4년 전 공장장이 발기인이 되어 게이코를 고등학교에 보내기 위한 후원회를 만들었다. 모두들 기꺼이 후원자가 되어 주겠노라고 나섰지만 게이코는 '일을 통해 자신을 키우겠다'며 정중히 거절했다.

가난한 살림, 다섯 명이나 되는 동생들, 생활력 없고 무력한 아버지를 대신해서 자신이 짐을 짊어져야겠다고 생각했던 것이다.

그때 주변 사람들은 "누군가에게 응석을 부리게 되면 그나마도 버텨내지 못해요."라는 열다섯 살짜리 소녀의 말이 애처롭고 대견해서 눈시울을 붉혔다.

"전 이렇게 고마운 분들과 함께 일할 수 있다는 것만으로도 행복해요. 지금도 감사하고 있어요."

"새삼스럽게 그런 말은 하지 않아도 돼."

"그보다도 장례식 과자를 만들어 주셨으면 해서 왔어요."

"장례식? 집안에 누가 불행을 당하기라도 했나?"

"아니에요. 손님이……."

"어디 사는 분인데?"

"나고야요."

"저런, 멀리도 사는군. 별도 주문인가?"

그 말에 대답을 피하며 물었다.

"오늘 저녁까지 가능할까요?"

"좋아, 만들어 줄게. 완성되면 전화할게. 비용은 어느 정도나 예상하고 있지?"

"5천 엔 정도요."

"알았어."

오후가 되자 가게는 한산해졌다. 게이코는 미안한 마음을 안고 지배인에게로 갔다.

"지배인님, 저 내일 유급 휴가 받을 수 있을까요?"

"그래요. 피로할 테니 하루 쉬어요. 그나저나 좀처럼 쉬지 않는 게이코 양이 무슨 일일까. 혹시 무슨 일이 있었어요?"

"아뇨, 별로……."

"설마 나카가와랑 어디 가는 건 아니겠지?"

"나카가와 씨하고 어딘가라니, 무슨 뜻이지요?"

"아니, 그렇다면 됐어요. 아까 나카가와가 이걸 놓고 갔어요."

"저에게요? 이게 뭐예요?"

게이코는 편지를 받아들고는 안으로 들어갔다.

편지를 읽어 내려가는 게이코의 얼굴이 점점 굳어졌다.

그날 오후, 별도 주문한 과자가 완성되었다는 연락을 받고 공장으로 갔다. 게이코는 과자를 포장해서 가방 속에 넣은 뒤 '코트 적립금'이라고 쓰여진 봉투에서 5천 엔을 꺼냈다.

코트를 사기 위해 모으는 돈봉투는 두툼해지기는커녕 점점 더 얇아지고 있었다.

게이코는 금전출납기를 두드려 5천 엔을 입금했다.

금전출납기에 입금된 5천 엔의 정체에 대해 지배인을 비롯한 다른 사람들은 궁금해 했다. 그러나 곧 그것이 게이코가 별도 주문한 과자에 대한 비용이고, 고객의 장례식

5000

에 참석하기 위해 주문한 것이라는 사실도 알게 되었다.

"그랬었군. 그래서 내일 유급 휴가를 쓰겠다고 했군."

작년 명절에도 게이코는 병으로 누워 있는 어떤 부인의 집에 찾아가 유일한 가족인 아들과 함께 놀아줬다.

그 이야기도 손님에게 고맙다는 인사를 받는 바람에 알려지게 되었다. 자신도 가난하게 살면서 어려운 사람을 돕는 착한 마음씨에 다들 감탄했다.

"그보다도, 게이코에게 손님 장례식에 참석하는 비용까지 부담하게 해도 괜찮을까요?"

"그 비용을 회사에서 부담하도록 할 수는 없을까요?

형편이 어려운 게이코에게 회사가 신세를 져서는 안 되겠지요. 만일 회사에서 부담할 수 없다면 우리가 조금씩 돈을 모으겠습니다……."

"아니, 잠깐만. 그야 나도 회사에서 내는 것이 좋다고 생각하지만 지금 게이코 양의 행위를 회사 명의로 하게 된다면 모처럼의 그녀의 기분이 어떻게 될까 걱정되는군."

"맞아요. 그거예요. 게이코가 말하는 '인간 행위의 아름다움'이라는 세계에 누군가가 끼어드는 셈이 되지요."

"누군가에게 강요당해서 하는 행위가 아닌 만큼 우리가 개입하지 않는 게 중요하다고 생각하는데……. 하지만 게이코의 월급을 알고 있으니 괴로워지는군요. 어쨌든 이 문제는 나에게 맡겨줘요. 기회를 봐서 처리할 테니까."

집으로 돌아온 게이코가 장례식에 입고 갈 옷을 궁리하고 있는데 옆방에서 어머니의 목소리가 들려왔다.

"게이코, 이번 겨울에 코트 산다고 돈을 모으고 있다더니 어떻게 된 거니? 빨리 사지 않으면 겨울이 지나고 말 텐데."

게이코는 옷을 손에 들고 망설이고 있었으나 밝은 목소리로 대답했다.

"올 겨울은 참으려고요. 내년 겨울에……."

"해마다 내년으로 미루는구나. 내년이면 애미가 일을 해서 좋은 걸 사주겠다."

그 말에 게이코는 다시 밝고 스스럼 없는 표정으로 대답한다.

"어머니도 참……, 그런 걱정은 안 하셔도 된다구요."

낡은 옷장을 열어 다시 이 옷 저 옷을 만져 보던 게이코는 낮은 한숨을 내쉬었다.

말은 그렇게 했지만 내일 장례식에 가려 해도 입을 옷이 없다. 한창 멋을 부릴 나이인데. 호화롭게 치장하고 싶은 생각은 없지만 적어도 초라하게 보이고 싶진 않은 게 그녀의 마음이었다.

하지만 한 벌뿐인 코트는 동생에게 줘버렸고 세일할 때 살 생각으로 모은 돈은 야금야금 없어지고 있었다. 사람의 아름다움은 옷에 좌우되는 게 아니라고 억지로 스스로 타일러 보지만 아쉬운 건 어쩔 수 없다.

그중 하나를 골라 몸에 대고 거울에 비춰 보는 게이코의 표정이 왠지 착잡해 보인다.

다음 날 코트 대신 털실로 짠 큰 숄을 두르고 게이코는 역으로 향했다.

교토에 나가 신간선으로 가면 나고야까지 한 시간 안팎이면 충분하지만 한 푼이라도 아끼기 위해 차비가 싼 재래 철도를 이용하기로 했다.

플랫폼에서 기차를 기다리고 있는데 누군가 다가와 아는 체를 했다. 놀라서 바라보니 나카가와였다.

"웬일로 게이코 양이 어디를 다 가요?"

"네, 잠깐 다녀올 곳이 있어서요."

"희한한 일이군. 게이코 양이 어딜 가다니."

"나카가와 씨도 어딜 가시나 봐요?"

"나? 나는 하코네까지 출장을 가지……. 전철을 타면 돌아오는 길에 눈이 와도 안심이 되거든요. 그리고 끝난 다음에는 모임이 있고."

열차가 홈으로 미끄러져 들어왔다. 내릴 사람이 다 내리고 나니 출발한다는 벨소리가 들려왔다.

"그럼……."

게이코가 가볍게 고개를 숙여 인사하고 기차에 오르자 나카가와가 급히 따라 탔다.

"기다려요. 나도 탈 거니……."

움직이기 시작한 열차 입구에 선 채로 게이코가 말했다.

"괜찮으시겠어요? 급행을 타면 좀 더 빨리 도착할 텐데."

"이왕 가는 거 게이코 양과 함께 가면 데이트하는 기분이 들어서 즐거운걸."

그 말에 게이코는 아무런 대꾸도 하지 않았다.

나카가와가 먼저 빈 자리를 찾아서 앉고 그 맞은편 자리에 게이코가 앉았다.

"무거워 보이는데 그 짐 선반에 얹는 게 어때요?"

"아니, 괜찮아요."

나카가와가 무릎 위의 짐을 억지로 뺏으려고 하자 게이코는 반사적으로 소중한 물건인 양 끌어안았다.

“뭐가 들었는데 그래요?”

“제단에 바칠 과자예요.”

“장례식에 가요? 누가 죽었는데?”

“손님이요.”

그 말에 나카가와의 얼굴에 묘한 표정이 떠올랐다. 어이없다는 표정과 감동하는 표정이 섞인 듯했다.

“그랬군. 그럼 출장이군. 차비를 아끼려고 재래선을 타다니, 게이코 양은 참으로 야무지군요.”

“아니에요.”

“아니라니, 그럼 사적인 일로? 아, 꽤 친했던 손님이로군. 게이코 양도 좋아했어요, 그 손님? 남자? 여자?”

질투를 하는 듯한 나카가와는 무척 냉정하게 말했다. 그러나 게이코는 아무 말도 하지 않았다.

나카가와는 그런 게이코를 향해 타이르는 듯한 태도로

말했다.

“이봐요, 게이코. 그 손님과 어떤 사이인지는 모르지만 게이코는 자기 손님이라고 생각하고 있는 모양인데 그건 착각이에요. 모든 손님은 회사의 손님. 그 증거로 손님이 가져다주는 이익은 모두 기업의 이익이잖아요. 너무 깊이 생각하지 않는 게 좋다구요. 손님 장례식에 자기 비용으로 참석해야 할 의무도 책임도 게이코에게는 없어요. 다만 자기만족일 뿐이지.”

그 말에 게이코가 단호한 표정으로 말했다.

“괜찮아요.”

움찔했던지 나카가와의 표정도 조금 부드럽게 바뀌었다.

“뭐, 그건 그렇다 치고 그 메모 읽어 봤어요?”

“……네.”

“어떤지? 아니, 답을 재촉하는 것은 아니고…….”

게이코는 어떤 말로 거절할지를 찾다가 겨우 입을 열었다.

"저같은 사람에게 고맙긴 하지만, 나카가와 씨는 절 오해하고 있어요. 전 나카가와 씨가 생각하는 것 같은……."

"괜찮아요. 내가 게이코를 어떻게 알고 있든 그건 내 주관의 문제지 게이코가 곤란할 것은 없어요. 사랑은 화려한 착각이고 아름다운 환상이라고 하니까."

진심으로 설득하려는 나카가와였다.

"나카가와 씨, 전 지금까지 나카가와 씨를 남성으로 생각하지 않았어요. 오해하게 했다면 사과하겠어요."

"하지만……, 나에게 친절하게 대해 주지 않았어요?"

"저는 가게에 오는 손님 누구에게나 똑같이 성의를 다해 섬기고 있어요."

"손님이라고? 난 당신네 가게에서 뭐 하나 산 일이 없는데 어떻게 내가 손님이죠?"

"가게를 내고 있다는 것은 손님을 부르고 있는 거나 마찬가지니까요. 물건을 팔아 준다, 안 팔아 준다 하는 것과는 상관이 없어요. 일부러 저희 가게에 찾아오는 것만으로도 고마운 손님이에요. 만남을 소중히 여기라고 교육받고 있어요."

"그건 어쨌든……, 차를 끓여 주고 무언가를 나눠 주고……. 그때마다 당신은 진심으로 대해 주었고, 나에게 특별한 감정이 있는 것처럼 했잖아요."

"미안해요. 제가 미숙해서 나카가와 씨에게 오해를 불러일으켰네요."

나카가와는 화가 난 듯 정색을 하고 물었다.

"요컨대, 게이코 양은…… 나를 싫어하는 거요?"

"어째서 인간의 만남을 남자와 여자, 좋고 싫은 것만으로 한정하는 거죠? 좋은 감정은 서로 이해하고 친해진 뒤에 자연스럽게 만들어지는 거라고 생각해요."

차장이 표 검사를 하러 오는 바람에 둘의 대화는 잠시 중단되었다.

"이봐요, 게이코, 나쁜 얘긴 안 할게요. 하지만 나랑 결혼하면 점원 노릇 같은 비참한 일은 절대 안 시킬 거예요.

정말이라구. 평생 행복하게 만들어 줄 테니까."

"나카가와 씨는 저와 같은 점원들을 비참하다고 생각하나요? 나카가와 씨도 장사하는 사람이 아닌가요?"

"나 같은 비즈니스맨과 점원을 동일시해선 곤란해요. 당신들은 단순한 고용자니까. 게다가 남의 어린애에게 종이접기를 해 주면서 비위를 맞추기도 하고 심성도 모르는 손님에게 편지를 써서 추파를 보내기도 하잖아요. 이것을 비참하다고 하지 않을 수는 없잖아요. 남의 마음을 끌려는 것은 호스티스나 하는 짓이니까."

"말씀이 너무 지나치시군요."

"냉정하게 말해서 손님은 수요가 있으니까 물건을 사러 오고, 그 수요에 대한 공급의 차원에서 작업을 하는 것이 당신들이란 말이에요. 특별한 인간관계만으로 수요와 공급이 해결되는 것이 아니거든. 당신이 생각하는 이상으로 그 일은 메마른 비즈니스란 말이에요."

"아무렇게나 생각하세요. 사고방식의 차이니까요."

게이코의 머릿속에 상인의 자세를 말한 시 구절이 떠올랐다.

당신의 오늘의 일은 단지 한 사람이라도 좋다
당신에게 고맙소! 하고 마음으로부터 인사를 하고 싶어하는
손님이라는 이름의 친구를 만드는 일이다

나카가와는 다음 역에서 내렸고, 미끄러져 가는 열차를 바라보며 중얼거렸다.

"아무것도 모르는 바보로군."

나고야에 내린 게이코는 표지판을 바라보며 걸었다. 처음 걷는 그 거리는 낯설고, 어디로 가야 할지 알 수 없었다. 그러다가 눈에 띈 안내소를 보고 게이코는 그 안으로

들어갔다. 나이 지긋한 안내소 직원은 지도를 꺼내 친절하게 가리키면서 길을 알려 주었다.

게이코로서는 낯선 곳에서의 친절이 그토록 따뜻하게 느껴질 수가 없었다. 그 안내원에게는 실제로 득이 될 일이 아닌데도 그는 매우 친절하게 응대해 주었다.

안내원이 적어 준 약도를 보며 나고야 시내를 헤매는 동안 하늘에서는 춤을 추듯 눈이 내리기 시작했다.

시로도 가家의 현관 앞에 도착하니 장례식은 광명사光明寺에서 진행된다는 메모가 붙어 있었다.

게이코가 광명사를 찾아갔을 때는 이미 장례 준비가 끝나 있었다.

"실례합니다."

안으로 들어서던 게이코는 여고 교복을 입은 한 여학생과 마주쳤다.

"네, 누구신가요?"

"저어, 오오쓰의 춘추암에서 왔습니다만."

"네? 그 춘추암이라는 과자점이요? 설마, 아니, 실례했습니다. 장녀인 요오코입니다. 잠깐 기다려 주십시오."

그 여학생은 '춘추암'이라는 말에 깜짝 놀라며 황급히 안으로 들어갔다.

잠시 후 그 여학생과 함께 나온 사람은 과자점에 왔던 시로도 씨였다.

"아, 게이코 양! 그저께는 정말로 고마웠습니다."

"어머님께 도움이 되어 드리지 못해 정말이지 유감입니다."

시로도는 어린 아가씨의 마음씨에 감탄하여 게이코를 바라봤다.

게이코는 과자를 건네주고 장례식에만 참석하려고 했는데, 시로도 가족의 청을 뿌리치지 못해 결국 안으로 올라가게 되었다.

"어머니도 기뻐하실 겁니다. 이렇게 와 주셔서 정말 고맙습니다."

안으로 들어서니 꽤 호화로운 제단이 마련되어 있었다.

게이코는 가져온 과자의 포장을 풀어 시로도에게 건네 주었다. 그것을 제단에 올린 게이코는 염주를 꺼내 향불을 올리고 분향했다. 그리고 기도했다.

"처음 뵙는 손님, 이 세상 마지막에 우리 가게의 과자를 먹고 싶다고 말씀하신 분, 미처 시간을 대지 못해 정말 서운하셨지요. 떠나시는 길에 생전에 좋아하시던 과자를 갖고 가시라고 인사차 왔습니다. 모쪼록 편안히 쉬십시오."

모여 있던 시로도의 가족들은 게이코의 착한 마음에 차오르는 감동을 억제하며 숙연해졌다.

시간을 내서 온 만큼 장례식이 끝난 뒤에 함께 식사를 하자고 했다. 게이코는 자신의 소박한 마음씀씀이를 이렇게 크게 기뻐해 주니 오히려 쑥스러웠다.

장례식이 거행될 때는 눈이 펄펄 날려 앞을 분간할 수 없을 정도였다.

우산을 쓴 참배객들의 맨 뒤에 선 게이코의 머리와 어

깨에도 눈이 수북이 쌓이고 있었다. 장례식 선두차 안에서 뚫어지게 게이코를 바라보는 시로도의 눈에선 눈물이 계속 흘러내리고 있었다.

어머니가 돌아가셨을 때, 그는 어머니가 크나큰 고통에서 벗어나 극락으로 가셨다고 생각하며 애써 눈물을 참아왔다.

그런데, 열아홉 게이코가 손님의 마음에 성심껏 보답하려고 우산도 쓰지 않은 채 눈을 맞으며 기도를 하고 있는 모습엔 눈물이 참을 수 없이 흘러나왔다.

그것은, 인간이 인간에게서 받는 뭐라 표현할 수 없는 기쁜 감정의 충격이었던 것이다. 지금은 그 자신이 일류기업의 판매과장 자리에서 많은 사람을 지도하며 적잖은 실적으로 만족과 자부심을 느끼고 있지만…….

상인에게 이런 멋진 세계가 있으리라고는 생각지 못했다. 그러던 중 문득 '상인의 모습에서 앞치마를 두른 부처님의 모습을 본다'는 말이 떠오르며 게이코의 모습이 천사처럼 빛나 보였다.

며칠 뒤, 춘추암에는 시로도가 과장으로 일하고 있는 회사의 홍보물이 배달되었다. 게이코의 미담이 실린 신문으로, 나고야에서 시로도가 부쳐온 것이었다. 신문엔 '인간이 인간으로부터 따뜻함을 받는다는 것이 이토록 감동적이라는 것을 처음 알게 되었다'며 게이코를 훌륭히 키워온 여러 사람에게 감사한다는 내용이 적혀 있었다.

비로소 게이코의 선행이 알려지고, 춘추암의 사장은 직원에게 '상인의 길은 인간의 길'이라는 가르침을 받았노라며 무척 흐뭇해했다.

춘추암에는 격려 전화가 끊이지 않았다. 무엇보다 게이코의 그런 행동에 냉소적인 반응을 보였던 나카가와도 뜻밖의 전화를 걸어왔다. 그는 지금까지 자신의 생각이 모두

틀렸음을 시인하며 시집을 읽고 싶으니 빌려 달라고 했다.

싸늘하지만 맑게 갠 오오쓰의 거리, 비록 코트조차 입지 않았지만 추위를 잊은 듯 걸어가는 게이코의 표정은 밝기만 했다.

— 옮긴이의 글 —

1989년 2월 일본 국회의 예산심의위원회 회의실에서 질문에 나선 공명당의 오쿠보 의원이 난데없이 뭔가를 꺼내 읽기 시작했다. 대정부 질문 중에 일어난 돌연한 행동에 장관과 의원들은 멈칫했지만 나중에 그것이 한 편의 동화라는 사실을 알게 되었다. 이야기가 반쯤 진행되자 여기저기서 눈물을 훌쩍이며 손수건을 꺼내는 사람들이 하나 둘 늘어나더니 끝날 무렵에는 울음바다가 되고 말았다. 정

책과 이념, 그리고 파벌을 초월한 숙연한 순간이었다. 장관이건 방청객이건, 여당이건 야당이건 편 가를 것 없이 모두가 흐르는 눈물을 주체하지 못했다.

국회를 울리고, 거리를 울리고, 학교를 울리고 결국은 나라 전체를 울린 '눈물의 피리'가 바로 〈우동 한 그릇〉이란 동화다. 감동에 굶주린 현대인에게 〈우동 한 그릇〉은 참으로 오랜만에 감동 연습을 시켜 준 셈이다.

'울지 않고 배겨낼 수 있는가를 시험하기 위해서라도 한 번 읽어 보라'고 일본경제신문이 추천한 화제의 이 작품은 전 일본을 들끓게 하더니 급기야 전 세계로 확산되었다.

찢어지게 가난했던 어린 시절을 체험한 어른들과 가난을 모르고 자란 신세대들에게 〈우동 한 그릇〉이 어떠한 실체로 투영될 것인지 자못 궁금해 하면서 이 작품을 엮어 소개한 지도 벌써 25년이 훌쩍 지났다. 그동안 판을 거듭해 오면서 전국 방방곡곡의 독자들에게 많은 격려와 성원을 받았다. 이에 보답하는 뜻에서 요즘 독자들의 기호에 맞게 새옷을 갈아입게 됐다.

함께 실린 〈마지막 손님〉은 정직과 성실을 모토로 살아가는 한 소녀의 마음을 담은 아름다운 이야기로, 물질만능과 편의주의에 물들어 가는 현대인에게 진한 감동을 안겨 주는 작품이다. 열아홉 소녀 게이코의 마음 씀씀이를 깊이 새긴다면 장사가 단지 물건을 사고 파는 것이 아니라 마음을 확인하고 신뢰를 사고 파는 일임을 깨닫게 될 것이다.

가정에서는 부모와 자녀가, 학교에서는 스승과 제자가, 기업에서는 CEO와 직원들이 함께 읽는 독자 여러분의 〈우동 한 그릇〉 사랑에 감사할 따름이다.

옮긴이 최영혁

지은이 구리 료헤이(栗 良平)

일본 홋카이도에서 출생했다. 1989년 발표한 단편 〈우동 한 그릇〉이 큰 성공을 거두면서 소설가의 길을 걷게 되었다. 주요 작품으로 〈아들의 행진곡이 들려온다〉 등이 있다.

지은이 다케모도 고노스케(竹本幸之祐)

일본 영상기획의 설립자로 프로듀서로 활약했다. 주요 작품으로 〈천칭의 시〉 등이 있다.

옮긴이 최영혁

한국외국어대학교 일본어학과를 졸업했다. 옮긴 작품으로 《소설 오싱》《달려라 하루우라라》《기품의 룰》 등이 있다